THE
YOUTH

少年郎

丘锋 著

长江出版传媒 | 长江文艺出版社

自　序

诗集《少年郎》的语言特点是"简单朴素"。

诗集分为两部分，辑一为"大地行吟"，辑二为"如歌行板"。

诗集以现实生活中的点点滴滴为题材，抒写了本人热爱生活、热爱生命、热爱大自然的感情。写诗如大浪淘沙，沙滩拾贝，是自己的灵魂与灵魂的对话，也是自己的心路历程。

纵观整部诗集的创作，作为一个普通的诗者，我的诗歌没有过多华丽的词藻，没有故作矫情之作，简单朴素。同时，我要拜人民为师，积极讴歌生活中的"真、善、美"，写好"人生"这首诗，更好地为人民群众服务。

是为序，希望大家喜欢，并批评指正。

目　录

辑二　如歌行板

辑一
大地行吟

祖国，母亲

祖国，母亲
我左握黄河
右揽长江
让黄河黄
在我的血液里
过滤成清水
流淌着世纪之梦
让滚滚长江
在我血管里
惊涛拍岸
倾诉着改革之歌

祖国，母亲
我站在昆仑之巅
地平线升起又落下
雅鲁藏布江
一路奔涌
珠穆朗玛峰
高高在上
我头顶日月
脚踏大地

向长城内外发出
巨龙再次腾飞的吼声
如晴天惊雷
响彻神州大地

祖国，母亲
我就是您那年
遗失的孩子
独自过着漂泊的人生
我要把您打扮成风景
搬到世界地图上
装裱成一道靓丽的红

新时代之歌

黄河泥

制作了古老的陶器

保留着古代的体温

和沧桑岁月

她从胸中

——掏出甲骨和青铜

让它们唱歌跳舞

赞美词中有欢声笑语

不知道什么时候

江南的桑树

种在了黄河边

一条条蚕虫

伏在丝绸之路上

吐着古汉语、波斯语

哎哎哎

这就是新时代

黄河水

天上飘

千万朵浪花

盛开着吉祥如意

千万只鸟儿

歌唱着"团结就是力量"

千万条鱼儿

吐纳着英雄赞歌

哎哎哎

这就是新时代

黄河石

刻上了旧石器和新石器

刻上了男耕女织

刻上了战争与和平

刻上了中华儿女的沧桑史和奋斗史

一个个战士倒下了

一面面旗帜竖起来

一棵棵大树站起来

一个个将领倒下了

一座座丰碑竖起来

一片片森林长起来

哎哎哎

这就是新时代

白芒坑情愫

一只小鸟梦见了飞翔
一朵鲜花梦见了绽放
一座高山梦见了舞动
啊　白芒坑
我梦到了革命志士的呐喊：
"头可断，血可流，革命一定要成功！"
我梦到了战旗猎猎，枪声响起
我梦到了木桌上仍有战士的体温
啊　白芒坑
我看见一万只白鸽飞起
我看见一万头牛羊奔跑
我看见一万座山峰欢呼
我也成为一万个人之一
向您顶礼膜拜

伊 人

伊人　你在哪里？
我的双眼长出了玫瑰
只为送你一阵芬芳
你还不来？
一瞬间　我的花期快结束了
落花有意
流水无情啊

伊人　你在哪里？
我的双眼长出了芒刺
只为一睹你的芳容
你还不来？
一刹那　我的心如枯井
汩汩潜流
化为虚无啊

桃　花

我的田野
长出了一树桃花
思念如花
一阵儿怒放
一阵儿枯萎
千万别错过花季啊
蜜蜂儿　蝴蝶儿
乘着春风把花采

我想起了桃花妹妹
她眼眸里的忧伤
就像三月的季节
烟雨朦胧
纵使爱情躲进了花蕊
也能听到一声叹息

其实开一朵桃花
真是好难

种　子

春天　我把人类的种子

植入了大地的子宫

让他们吸收天地的灵气

让他们吸收太阳的能量

他们以长江为胎盘

繁衍着一个世纪

冬天　他们就降临在大地上

开枝散叶

这些相亲相爱的种子啊

如此健壮

（偶尔也有发育不良）

没有理由不去赞美他们

春天是苦涩的，有种子在发芽。

夏天是甜蜜的，有希望在期盼。

秋天是严肃的，有丰收在召唤。

冬天是神圣的，有生命在诞生。

一切美好

由种子发芽开始

布谷鸟

"布谷，布谷"
布谷鸟在唤醒
沉睡的大地
和一切生命
"布谷，布谷"
这声音多像
鲁迅先生的呐喊：
"不要迷信"
"不要崇拜"
"布谷，布谷"
声音回荡在
某年的春天里

麻　雀

心中的麻雀儿

不停地飞来飞去

想抓却抓不住

一会儿

它停在江南的桃花上

一会儿

它停在西域的雪莲花上

一会儿

它停在西藏的祥云上

像经幡

飞舞着

心中的麻雀儿

你出来吧

南国的凤凰花开了

不必越过长江

不必越过黄河

纵使雨季

也能在春夏秋冬

骄傲地飞翔

蝉

蝉叫了三声
知了
知了
知了

知多少？
了多少？

蝉褪了皮
金蝉脱壳啊

我也褪尽繁华
我也安于现状
我也不惑啊

孤独的人啊
寂寞的夏天

我的眼睛亮亮
我的翅膀长长
我的灵魂靠近天堂

啊　醉了

醉了

醉了

梦（1）

我的梦很怪诞

一会儿梦见了蛇

蛇又变成龙

双龙戏珠

龙腾四海呵

一会儿又变成熊猫

在慢悠悠地啃着竹叶

竹叶又变成谷物

喂养着我的胃

一会儿又变成华南虎

来势汹汹

像要把我吞掉

在它的胃里

有一颗舍利子

舍利子在开花

是牡丹还是玫瑰

我不知道

花还挺香的

一会儿我又梦见佛陀

孔子还有老子

他们在讲授着"因果"

"君子坦荡荡，小人长戚戚"

"道可道，非常道"

大海啊，给我取名吧

海迷失或海归来

呵，你到底是什么？

你到底是什么？

我搞不清楚

梦（2）

大海和鱼
自由自在
他们做梦了

风
无牵无挂
他们做梦了

晨曦
从梦中醒来
长成了花朵

梦（3）

天啊
我把地球吞进肚里
排出圆圆的舍利子

天堂鸟

假设爱情有了如果
就让我成为你
独自在枝头上欢唱
哪怕是万箭穿心
我也要唱一首凄美的歌
等着你来和音
假设爱情有了如果
我要和你一起比翼双飞
分享幸福的人生
我要做一个善良的王
但是我不能说
怕伤害到你的心
我愿做一只自由的鸟
无忧无虑地飞翔
在宽阔的天空里
留下我的鸣叫

其实
我是一只寂寞的鸟
一只孤独的鸟
一只忧伤的鸟

独自在枝头上欢唱

在秋风里
众人瞩目我
我只能在阳光下
藏起湿漉漉的心情
强颜欢笑

命　运

一朵红玫瑰

夹在《诗经》里读诗

她时而跃然纸上跳舞

她时而变成书签诵经

这是你悲壮的一生啊

我嗅了嗅

你有书香味道

我从你的眼中

读懂了你的心事

读不懂的

恰是你的人生

风

风从哪里来
没有人知道答案
我只知道
我捉住了风
风拼命挣扎
却无济于事
它从故乡吹来
带着浓浓的乡土气息
有着咸咸的味道
它从天上吹来
带来了春天夏天的问候
哦　自然风
柔软的温馨的
季节里带着风
万物在苏醒拔节
风在秋天冬天里吹来
把落叶悄悄地吹走了
风啊风
你漂洋过海
吹向何方
没有人知道答案

我只提住你的衣角
让它化成了七彩祥云
慢慢地降落人间

大　风

大风起兮

尘飞扬

血沸腾

日月旋转

江河倒流

渗入我的身躯

大树

万年常青

小鸟

搏击长空

大鱼

遨游大海

我吸取日月大地精华

练就金刚之躯

任凭风吹雨打

大风起兮

尘飞扬

西游

只为取真经

石头怀孕了

只为千年的孽债

滚滚长江

只为美人

大王：

起风了

西征

风神

一路高歌

尘　埃

冥冥之中

我心飞扬　遇到风

化成一个个生命的颗粒

遇到雨　化成了沃土

滋润着花草树木

遇到阳光　化成了尘埃

漂浮在天空

周而复始

这就是我　尘埃

我的孪生兄弟

生活，爱情

我的孪生兄弟

你从旷野穿过

你从树林穿过

你从农村穿过

你从城市穿过

回归自然吧

尘埃

纷纷扰扰的世界

不过是拂拂衣服上的尘

江　南

一片树叶
是江南的胎记
树叶里
全是诗句
历朝历代留下的
手迹
还在蒸发着
汗液
浓浓的体味
是江南的
淡淡的妆
是江南的
还有数不清的雀斑
也是江南的

梦回唐朝

一

月亮是唐朝的灵魂
诗人们意淫的对象
诗人们在上面涂鸦
给后人留下了唐诗

二

一轮明月照九州，
一路风尘一路歌。
白衣侠客倚天剑，
马蹄声声嘶鸣中。
这是诗人们的刀光剑影
或者说是序曲

三

唐朝的酒肆
挂着一青一白旗

旗如擎天柱

是唐朝诗人的指向标

下面躺着横七竖八的诗人们

他们在梦呓，在嚎叫：

"我们喝酒！"

"我们干杯！"

"我们要有肉的骨头！"

他们伸向天空想抓月亮的手

就是摇晃的骨头

或者说是唐朝的高潮

四

唐朝的思想

穿过了长城里外

越过了大江南北

高过了云端

足以让后人

遥想千年

五

唐人怀孕了

诞生了诗仙李白

据说是唐朝的柱

至今还让人膜拜

六

梦回唐朝

我看见诗人们

在广寒宫

构建了诗的王国

李白登基了

做了国王

梅　花

夜静无声

唯有我的骨骼

发出崩裂的声音

这是梅花竞相开放的节奏

"不急！不急！"

我轻声念叨着

梅花啊

我把生活藏进绿叶

我把爱情藏进花蕊

梅花啊

我把大地还给你

我把天空还给你

我把开满鲜花的树还给你

我把点点滴滴的相思泪还给你

只求借你的枝头

开放一朵最娇艳的花儿

让我枕着你的名字入眠

噢　宝贝

噢　宝贝

你是一滴新生的露珠

你是一抹初升的阳光

噢　宝贝

你是"天使之吻"

或者"鹳吻痕"

噢　宝贝

你第一次的哭

你第一次的笑

还有无数次的第一

都带给我们欢乐与幸福

我从你清澈的眼睛里

读懂了"无邪"

我从你噗噗的心跳中

读懂了"生命"

噢　宝贝

你是一个调皮的儿童

你是一个有趣的儿童

你是一个赤心的儿童

我仿佛看到了自己的影子

晃动在雅鲁藏布江的浪花中

晃动在喜马拉雅之巅
越拉越长

蜻　蜓

蜻蜓飞来飞去
显得忙忙碌碌
其实它很寂寞
也很无奈
它羡慕鸳鸯戏水

它飞在花丛中
停在水塘边
其实它很逍遥
也很自在
它就要蜻蜓点水

啊　孤独的蜻蜓
用生命在寻找
一种自由

嘉峪关

一

黄沙掠过了你
留下了历史的印记
大雁飞过了你
留下了千年的回音
啊　嘉峪关
血仍未干
狼烟烽火仍未灭
梦中英雄跨战马
古时征战几人回?

二

星星扫过乌云
留下了光的痕迹
月亮掠过白云
留下了你的身影
野草与露珠并行
留下了我的梦呓

三

啊　嘉峪关
我用招魂幡
让战士魂归故里
我用爱感化天地
让人间撒满和平

一朵云

一朵云
开放成白莲花
一个个美男子
飘逸而来

一滴雨
感化了乌云
从此相依相偎

自由的天空
撒满了莲花姑娘的诱饵
一朵云
选择了爱情

鱼的乡愁

鱼游在小河里
寻找失落的乡愁
乡愁在何方？
大雁告诉他
乡愁在北方

鱼游在大江里
寻找忧伤的乡愁
乡愁在何方？
燕子告诉他
乡愁在南方

鱼游在大海里
寻找浓烈的乡愁
乡愁在何方？
海鸥告诉他
乡愁在前方

孤独的雪

大雁
是孤独的
天空
是孤独的
北方的雪
也是孤独的
跟我的心情一样
你飘过南方来吧
偶尔发发脾气
是可以的

无助的我
寄托在雪融化时
江海的鱼儿
吐几个泡泡
酝酿着一个春天

走春天

春风化雨
说来就来说走就走
这样的天空是自由的

卑微的生命苏醒了
不知名的野花盛开着
小鸟叽叽喳喳飞呀飞
甲壳虫背起行囊要走天涯

我的心装满春天
盛开着一朵最艳丽的花
我的春天是咸的
或许是故乡的味道

磨 剑

一

趁夜色朦胧

今晚，我要在黄河边上磨剑

我邀明月

请出诗仙李白一起磨剑

黄河水黄

黄河石青

正好磨剑

我带上了老白干

肉脯若干

用黄河水煮酒

一边喝酒　舞剑　唱诗

一边吼秦腔　唱京剧

趁着酒意正酣

斗胆问一问：

"杨贵妃啊

这黄河水

是你的洗脚水吗？"

二

削铁如泥的剑
立在黄河中间
宛如中流砥柱
我醉意蒙眬的双眼看见
黄河水成了士兵
我猛喝道：
"有人造反
是安禄山吗?"
"快来人啊!
快来人啊!
兵来将挡!
水来土掩!"

三

一阵刀光剑影之后
我的酒醒梦醒
大地一片寂静
唯有黄河水哗哗地流
我摸了摸背囊和头
幸好无形剑还在
我的头颅还在
只是李白等人跟一泡尿

随黄河水一起

消失得无影无踪啦

我的灵魂在唱歌

春天，我的灵魂在唱歌
我唱那百花盛开的时候
我的灵魂住在花蕊里唱歌

春天，一群鸟在唱歌
那是我的灵魂在唱歌
"哪里不平就有我"
（别管闲事哦）

春天，我戴着镣铐在唱歌
我的灵魂与灵魂在唱歌
是谁禁锢了自由？

春天，我模仿鱼儿在唱歌
我模仿屈原唱《九歌》
可怜的天空啊
一无所有

大海的情思

一

众神祈祷：
"大海啊你是妹，
陆地是你的哥！"
而水神凶猛
将你俩分离
从此缠绵不止

二

精卫衔石
要将大海填平
哥啊舍不得妹
妹啊舍不得哥

三

一石激起千层浪啊
大海的眼泪成了化石

精卫累了

哥哥困了

妹妹活跃了

妹妹用波浪舔舔哥哥

妹妹为什么流泪了？

哥哥一时无法考究

四

大海的波浪起起伏伏

多么诱人的曲线啊

哥哥的眼睛亮亮

啊　大海

时间一度停滞

哥哥依偎在妹身旁

五

大海在做梦

鼾声如涛

一群群海的女儿

写上了自己的心事

托浪花儿

寄给远方的他

六

大海欢快地歌唱：
"碧水蓝天不夜天，
不是神仙胜神仙。
要是天上嫦娥在，
不做神仙返人间。"

我怀念一棵树

骆驼走远了

还会回来吗？

大雁飞走了

还会回来吗？

人类迷失了方向

还会回来吗？

只有树知道答案

我怀念一棵树

骆驼告诉我

那是人的灵魂

大雁告诉我

那是倒着写的人

我怀念一棵树

怀念她的美人迟暮

怀念她的英雄寂寞

怀念她的前世与今生

怀念她的孤独与忧伤

我怀念一棵树

因为她是母亲树

遥指的方向是故乡

我从唐朝经过

今晚，我骑上小毛驴

去唐朝的集市赶集

途中我遇到了杜甫

他劝我别写诗

因为唐朝有了诗仙李白

其他的诗人都是多余的

我尴尬地反问道："是吗？"

我说："我想跟他喝酒"

杜甫说："那你去吧"

没想到酒仙李白更厉害

见面礼就是一壶酒

喝完一壶又一壶

李白说："能喝多少是多少"

最后我分不清楚

我骑驴还是驴骑我

好不容易脱了身

转角又遇到了韩愈

他拉着我说："将进酒"

我问他："吐"的词牌是什么？

他答道："还是吐"

我说："我想拉一泡尿"

我得赶紧溜回家

我忘记了
大学教授教过我们喝酒吗？
浪漫派冒出来说："喝好"
现实派冒出来说："好喝"
我挠挠头说："喝喝"

我蒙眬地记得
唐朝的夏天也是热
就像我的一泡尿
充满了酒香

遇　见

遇见春天
心花怒放
只为遇见
那一瞬间的芬芳

遇见夏天
热情奔放
只为遇见
那一瞬间的灿烂

遇见秋天
秋风落叶
只为遇见
那一瞬间的痛苦

遇见冬天
收获爱情
只为遇见
那一生一世的承诺

美人蛛

美人蛛
摇曳在风中，角落里
有谁知道你很毒？
比如玫瑰有刺
香水有毒

美人蛛
用天罗地网
抒写了情殇

大王和鹰

大王：

"我是鹰，

现在飞往何方？

东方或者西方？

南方或者北方？"

王曰：

"你飞往九天

飞往苍穹

自由是你的天空

衔来人类的火种

衔来人类的光明

黑夜的黑夜

黎明的黎明

一切的一切

由你主宰！"

大王：

"我的眼睛亮亮

我的翅膀硬朗

我的意志坚强

我要飞得更远
北冰洋，南美洲
无人区，外太空
都有我的身影！"

大王：
"普天之下
莫非王土；
普天之下
莫非子民！"

大王：
"我是一只自由的鹰，
我的使命
就是光
就是火
让地球燃烧
让太阳燃烧
让星星燃烧
让头颅燃烧
我找到了猿
我在他的头骨
刻了六个字
'自由无法战胜'
字闪闪发光
照亮了人类的路

我找到了鱼
我在他的鳍骨
刻了六个字
'思乡不如归乡'
字闪闪发光
照亮了一条幽径
我找到了外星人
他跟我耳语：
'人类自相残杀
唯有外星人无法战胜！'
我说：'呸，人类战胜自己
就是战胜外星人！'
外星人哈哈大笑
一阵烟飞走了
这时我遇见了风
大地刮起了台风
我得赶紧避避！"

王曰：
"好样的鹰，
你好好歇歇，
辛苦啦！"

"谢大王！"
鹰像一阵风，
掠过。

大王：

"我苏醒了

我要飞啊飞

与天空搏斗

与大自然搏斗

才能展示我的能力

我的眼睛亮亮

我的翅膀硬朗

我的意志坚强

我要飞往那缥缈的世界

建立理想国

过上安居乐业的生活

才是我的终极目标"

王曰：

"好棒的鹰！

人类的发展

靠你的智慧啦！"

"谢大王！"

鹰像一阵风

掠过。

辑二

如歌行板

羡 慕

我羡慕
天有眼
地有心
人有灵

一切皆如此美好

我羡慕
大树枝叶繁茂
天空云朵漂浮
鸟群像风掠过

一切皆如此美好

我羡慕
现实的世界吵嚷
虚无的梦境缥缈
思想的种子发芽

一切皆如此美好

我是黄河边上的一棵树

我是黄河边上的一棵树

孤独地站立了五千年

———题记

春天，我站在这里

开枝散叶

夏天，我站在这里

繁花似锦

秋天，我站在这里

硕果累累

冬天，我站在这里

落英缤纷

唯一不变的是

月亮落下去升起来

太阳落下去升起来

我看尽了人间百态

我看尽了人情冷暖

啊，我是黄河边上的一棵树

孤独地站立了五千年

什么英雄好汉

什么美女绝色

什么江山如画

不过是

过眼云烟潇洒去

繁华落尽还复来

树叶里记录着

历朝历代的诗句

随着岁月的痕迹

飘荡在黄河里

慢慢地消失

消失

月　亮

我望着月亮

轻轻地叹了一口气

因为在我的心中

藏着一个杀气腾腾的月亮

藏着战马长啸

藏着尘土飞扬

藏着刀光剑影

藏着血雨腥风

藏着一统山河

我把这样的场景

藏在温柔的明月中

月亮由蓝转红

一场杀戮由此而来

月亮的王国

充满了色彩斑斓的战争

一阵秋风拂过

呐喊声此起彼伏

月色轻轻地带走了

我的情和爱

我的山河梦

无　题

黄叶飘落
与一只鸟的坠落
无关

我的心事
更像秋风
我模仿落叶
翩翩起舞
我欲唱一段京剧
解我千古愁
我欲唱一首粤曲
解我百般烦
哎呀呀
黄河水涨了
哎呀呀
长江水涨了
我要逆流而上
重拾旧山河

黄叶飘落
与一只鸟的坠落
有关

秋　思

我抓一把秋风
安置在心头
让它长出翅膀
在蓝天上画出云彩
我抓一把秋雨
融入血管
让它长出双脚
飘荡在田野

秋天啊
摇曳在风中
种子四处流浪
秋天啊
摇曳在雨中
理想无处不在

我抓住了夏天的尾巴
我抓住了秋天的骨头

我对秋天的思念
放牧在心灵
长出了繁花似锦

正　义

我骑着太阳
背上月亮
扫掉了乌云

唯有阳光
是正义的

秘　密

在浊世里
一朵莲花
藏起了
整个春天

蜗　牛

小蜗牛

你爬得慢些吧

再慢一些吧

谁知道你

负重前行？

其实

你藏着一颗慈悲的心

花前月下

花前对月下说：
"我妩媚动人
我国色天香
试问谁人能比？"
月下说：
"你虽然美丽
但是没有我
就少了一份浪漫"
花前又对月下说：
"我拥有芬芳
我拥有温馨
试问谁人能比？"
月下说：
"你虽然娇艳
但是没有我
就少了一份情趣"

(合唱)：
"本是一家人，
何必较认真？
只要春常在，
暗香盈袖衣。"

和 解

我要与大地

和解

风一程雨一程

我祝愿

春回大地

万象更新

我要与一群鸟

和解

八千里路云和月

我祝愿

鸟类怀春

生下一群小鸟

我要与万物

和解

春风化雨润无声

我祝愿

既不与太多人为敌

也不与太多人为友

前　世

我是一条跌落凡尘的鱼

浑浑噩噩过了大半辈子

有时我想跃龙门

从此一步登天

可惜艰难险阻

有时我想学鲑鱼

寻找那条归家的路

可惜路途漫长

我只能观天

与水草为伴

我逗逗水草

水草逗逗我

就这样

无忧无虑地生活

也许我的前世是鱼

我想上岸

变成人的模样

在浊世里

保留一颗清澈的心

也许我的今生是鱼

我的眼泪化作了相思
我把水池当成了海
海阔任鱼跃啊
我天天练习本领
哪怕有一天
真的到了大海
我也不怕惊涛骇浪

或许我的前世是鱼
我的骨头成了化石
还保留着游动的姿势
一直向前

长 茧

春天
你是个长舌妇
整天唠叨着
春风化雨
难道你忘了
春风春雨两姐妹
耳朵都长茧了

誓　言

天空长出了花朵
大海长出了花朵
我的身躯长出了花朵
我把它献给您
"亲爱的"
就像一个滚烫的誓言
可以触摸空气
可以触摸您
这是多么幸福的
时刻

脐　带

妈妈
我的脐带还在
它连接着您与我
它连接着天与地
它是我的能量来源啊

妈妈
我舍不得剪断它
我怕我的痛苦与悲伤
还缠绕着您
您日日夜夜的思念
您无处不在的陪伴
随着"咔嚓"一声
脱落

妈妈
在您眼里
我还是长不大的孩子
您谆谆地教诲我：
"水迢迢，路漫漫"
"吃一堑，长一智"

妈妈

我的脐带

是一个魂灵

它永远住在

春天的花朵里

春　雨

春雨温柔
植物们伸长脖子
饮最甜的甘露
我们叫它喜雨

雨从唐诗里飘来
雨从宋词里飘来
带着灵性
翻手为云
覆手为雨啊

啊　春雨
饮尽这孤独吧
芸芸众生中
我只取一瓢
管它叫善良的雨

玉门关

我寻寻觅觅
不见你的踪影
那些杨柳树呢？
那些万仞山呢？
那些金戈铁马呢？
都随春风消失了

黄沙还是黄沙
月亮还是月亮
只有白云悠悠
我随着岁月的脚步
寻找历史的痕迹

啊　春风
已度玉门关
青山依旧在
只是人间
换了新颜

夏　日

不知名的野花
盛开着
一生中最灿烂的时光

一束阳光
照耀着它
打开了自己
唤醒了叶茎、筋骨
甚至花蕾
它吐纳着天地灵气

啊　夏日长长
它的侧影在地上
长长

万绿湖

一片落叶
开完了自己
在湖面上泛起了涟漪
就像我的思绪
在湖里翻腾

哦　我的兄弟姐妹
今天有缘相聚
万绿湖

哦　万绿湖
百花打开了自己
以一种姿势迎接我们
镜花缘来此处
幻象不断变幻

哦　万绿湖
我在这里
沐手，更衣，唱诗
我把您看成了佛
群山披上了袈裟

有一朵云说：

"度人不如度己"

小梅沙

我把水墨拨向了
群山
唯独把蓝色留给了
自己
我把你的秀发
梳成最美的鬓角
我把你的额角
看成了苍茫大地
我把海洋心
留给了鱼之恋
我想借几盏渔火
从天涯海角
一路走向
名叫小梅沙的地方
——点亮
那一片海

太阳母亲

太阳，我的母亲

我是您的儿子

——题记

太阳，我的母亲

我一生最敬畏的母亲

我在您的子宫里

十月怀胎

一朝分娩

我脱落在人间

我随风长大

随雨长高

这需要您的雨露啊

我站在地球的东方

跋山涉水寻找您

母亲，您在哪里？

我只看到您的背影

乌云密布

我扒开云雾

扫走了乌云
让您普照大地
人间需要正能量
哦，七彩阳光
缓缓落下您的温暖
和柔情

我站在赤道上
背着太阳
东奔西跑
只要人间有光明
就不怕负重前行
我借乌龟的壳
累了就歇会

哦，太阳
一个太阳
十个太阳
千万个太阳
转眼之间
只剩下一个太阳
却有一个母亲
十个母亲
千万个母亲
用慈祥的目光
注视着我

鼓励着我开创新纪元

走向人类的顶端

沙漠的眼泪

是什么？
让你流出蓝色的眼泪
难道是你长长的睫毛
流淌着草原之殇

是什么？
让你流出蓝色的眼泪
难道是蓝眼睛的楼兰姑娘
深深地伤害了你
曾经的海枯石烂
曾经的莺飞草长
曾经的金戈铁马
回荡着"胜者为王"的誓言

是什么？
让你流出蓝色的眼泪
难道有情更被无情误
曾经的爱情故事
像经书一样传颂

收获季节

秋风来了
稻田一阵喧嚣
然后沉默，迷茫
我知道
收获季节来临了
恰如我
低下了谦卑的头
等待着时光
收割黄金岁月

风继续吹

我的皮鞋锃亮
我的头发油光
我的脊梁硬朗
风继续吹

我想把雾霾扫掉
我想把天空扫白
我想把大地扫净
风继续吹

我走在无人的街上
我目无斜视的眼光
我哼着无韵的小调
风继续吹

风从开天辟地吹来
风从女娲补天吹来
风从唐古拉山吹来
风从喜马拉雅吹来
风从唐诗宋词吹来
风继续吹

今晚无眠

我想把冰山劈开

我想把月亮藏起

我想把骨头藏起

可怜的人啊

盼望着

风继续吹

爸爸的小背篓

当你撒娇的时候

爸爸的背上

多了一个月亮

它照亮了前方

当你高兴的时候

爸爸的背上

多了一个太阳

它照亮了远方

当你孤独的时候

爸爸的背上

多了一个皮囊

它充满了忧愁

当你生气的时候

爸爸的背上

多了一个背篓

它装满了悲伤

啊　爸爸的小背篓

它装着爱情

它装着生活

纵使爸爸走南闯北

也不会忘记

背上的使命和温柔

孩子，你不要哭

孩子，你不要哭
有我们挑担担
哪怕山再高
路再险

孩子，你不要哭
我们挑着月亮
挑着太阳
何惧风和雨

孩子，你不要哭
我们挑着黄河
挑着长江
越是艰难越向前

孩子，你不要哭
我们挑着爱情
挑着生活
再苦再累咱们一起走

守望者

黄鹤楼是忧伤的

孤独地站着

它看着荆汉大地

古时白云悠悠

如今乌云密布

它抖了抖

它多想以风的名义

扫掉瘟疫

展现它千年的声音

可惜它已美人迟暮

雄风不再

它只能眼睁睁地看着

黎民百姓受苦受难

它是春天的守望者

喧嚣。寂静。花开。花落。

它从风中抽出骨头

它从雨中抽出血丝

滴滴相思泪

化作长江水

只是钟声随江水一起

消失得无影无踪了

阳光正好

阳光正好
一群麻雀开着晨会
叽叽喳喳吵个不停
喜鹊跃上桃花枝头
哼一首歌等日落

阳光正好
桃花次第开放
她和她的春天舒展
一幅幅岭南画卷
横挂在大地上
早春的燕子
前来道一声"谢谢"

阳光正好
没有那一刻
更需要自由
恰是一束阳光
解放了沉寂的大地

春　望

惊蛰过后是春分
种子发芽，花笑春风

马蹄声声不从唐朝来
驼铃叮当不从宋朝来
春雨嘀嗒不从清朝来

我的心不再兵荒马乱
我的心不再莽莽撞撞

哦，春来了
一两声布谷布谷
惊醒了昏天暗地
换来了七彩人间

桃花落

今年陌上花开
花落谁家？
我不曾拥有
这花的红
这花的白
好像竹马青梅的她
爱过又如何？
恰似桃花落。

大雁归处
又是好人家
一片蛙鸣
炊烟四起
一阕春光曲
谁让春花不了情
让我想起两小无猜的她
爱过又如何？
恰似桃花落。

今年花胜去年红
可惜春来春又去

辜负好时光
只是桃红李白
惊艳来登场
我欲唱一段京剧
追忆旧时光
爱过又如何？
恰似桃花落。

春 日

我的心房住满春天
我把它放牧在田野
把囚住了的色彩
——还原
比如蓝天白云
比如桃红李白
还有那莺歌燕舞
锦绣河山

我欲乘风而去
看神州大地
处处散发浓郁的水墨色彩

春光好
莫负好时光
我摘下了遍地的春花烂漫
和沉甸甸的诗行

春风来信

春风来信
春天怀孕了
来年诞生春天宝宝
春雷声声报告了喜讯
春雨嘀嗒默默无言

春风来信
大地收到了信息
我展望整个春天
春风随意
人面桃花

春风来信
我收到了信息
我将满园春色
涂抹在世界地图上
形成靓丽的万紫千红

大地恩情

雨一直下
万物生长
我要行走江湖
阅尽人间春色
再把种子播撒
我爱这土地
我期盼秋天的收获
这是多么奢侈的愿望

岭南的雨下在江南
江南的雨下在塞外
没大没小没心没肺
恍惚间
我看到江南的女子
走在岭南街头
岭南的小伙子
牵着江南的烟雨
一路走向世界
渐渐地融合在一起
这是人类的未来
我爱这土地

但愿一切美好
随着烟雨飘落
地球村

盲诗人——荷马

哥哥，我的盲诗人哥哥
今天我只看见黑夜
今天我也双眼失明
昔日的世界我看不见
未来的世界我更看不见

哥哥，我的盲诗人哥哥
今天我只看见黑夜
我看见向日葵的方向
一直指向太阳
那是唯一的光

哥哥，我的盲诗人哥哥
我很害怕
我充满了恐惧和不安
我内心深处懦弱
我害怕你失去光明
明天又失去光明
没有未来你靠什么生存

哥哥，我的盲诗人哥哥

我悲痛欲绝

我诅咒这人间

给你带来伤害

你手指的方向

是万劫不复

我背上你

用梯子翻越栏杆

逃离这人世

那年春天

那年春天
我的心已荒芜
我将贫瘠的土地
翻耕了一遍又一遍
种上花生、土豆和辣椒
还有深深的爱
我的最大愿望是有阳光
可以晒着太阳
数着马路上奔跑的车辆
和蜻蜓赛跑
这样的日子真好

那年春天
我的心早已莺飞草长
我将肥沃的土地
种上蓝天白云
还有满天的星星
太阳和月亮
变幻着万紫千红
这样的日子真好

那年春天
我要在田野
放牧人生
喝一壶热茶
来几口清酒
唱一段京剧
这样的日子真好

那年春天
已经尘封了几十年
它还活在我的童年里
今年的夏天
我会好好珍惜

赞　美

阳光灿烂的日子
我学会了赞美
春花烂漫
人面桃花
一切都那么美好
让我想起今天早上
一只母猫的叫春
天上飞过的小鸟
叫着"时时落水"
听说家乡的小花妹妹
嫁给了"高富帅"
我赞美大地
因为我深深地爱着它
我赞美波涛起伏的人生
给我带来了无穷的哲理
一切都那么美好

喊

我对空山喊

喊出雨水来

喊出花草来

喊出燕子来

空山寂寂

回应了三句

雨水来了

花草开了

燕子来了

我对天空喊

喊出声音来

喊出骨头来

喊出灵魂来

大地回应了两句

一无所有

空空如是

瘦哥哥——凡·高

瘦哥哥

您的眼神深邃

可以洞穿天地

我从您的眼神

看到了恐惧、惊悚

也看到了希望

瘦哥哥

您可以把向日葵

粘在天上吗？

颠倒黑白吧

黑的是夜

白的是云

彩色还在人间

瘦哥哥

您可以用双手

扭转乾坤

还原本色

高高在上是您的灵魂

我要用天梯

偷偷窃听您的私语

什么印象

什么流派

姑且不谈

要谈就谈一些虫鸣

和一些鸟语吧

热带雨林

我的心

总有一片雨

落在热带雨林

雨打芭蕉

小河淌水

声声悠扬

我扒开云雾

也扒开灵魂

看见一群猿人

四处游荡

他们在寻找食物

也寻找快乐

我的心

不着边际

早已飞出地球

寻找属于自己的

另一种幸福

我遇见猿人

他们跟我耳语

太阳热情

月亮温柔

雨林安静

可以繁衍生息

我抬头望望天

低头看看地

在猿人的足迹里

看见了人类的

辉煌历史

我是浪迹天涯的石头

一滴水可以汇成大海
一块石头可以垒起高山
哪怕风吹雨打，海水冲刷
也改变不了自己的梦想
我是浪迹天涯的石头
天天拥抱着大海
夜夜亲吻着大地
踩着月亮的影子
匍匐前进
恰似一对对恋人
向大海许下海誓山盟

我是浪迹天涯的石头
按着波浪的黑白琴键
奏响一曲大海的恋歌
一群海燕趁着夜色
筑起了一个个窝
夜朦胧鸟也朦胧
我哼起无调的歌词
向大海倾诉着
一个人的简史

天上的妈妈

天上的星星眨呀眨

好像妈妈的黑眼睛

——题记

天上的云儿

你轻一些

再轻一些

轻得可以捎上我的心

一颗感恩的心

化作满天的星星

眨呀眨

一行行眼泪

掉

下

来

鸟儿倦了

该归巢了

月亮疲惫了

掉下来

湖水承载着您的重
白云承载着我的爱

童年的记忆
好像镜花水月
妈妈，您拿鞭子抽打我吧
这样
我的记忆更深刻
人生轨迹更圆满
可惜您从不打我
只有疼爱

"爹娘想子长江水"
"子想爹娘一阵风"
天上的妈妈啊
如果时光可以倒流
我就再做一回少年郎
还在您的怀里
看日落，数星星
望着陨星
掉下来

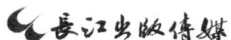

图书在版编目（CIP）数据

少年郎 / 丘锋著. -- 武汉 ：长江文艺出版社，
2020.8
ISBN 978-7-5702-1695-6

Ⅰ. ①少… Ⅱ. ①丘… Ⅲ. ①诗集－中国－当代
Ⅳ. ①I227

中国版本图书馆 CIP 数据核字(2020)第 125063 号

责任编辑：王成晨　　　　　　　　责任校对：毛　娟
封面设计：庄　繁　　　　　　　　责任印制：邱　莉　　王光兴

出版：　长江出版传媒　　长江文艺出版社

地址：武汉市雄楚大街 268 号　　　邮编：430070
发行：长江文艺出版社
http://www.cjlap.com
印刷：武汉市籍缘印刷厂

开本：880 毫米×1230 毫米　　1/32　　印张：4　　插页：1 页
版次：2020 年 8 月第 1 版　　　　2020 年 8 月第 1 次印刷
行数：2738 行

定价：32.00 元